TSURU
Maiko
鶴　舞子

波瀾万丈
折り鶴

文芸社

もくじ

第一章　幼少期

私は昭和十四（一九三九）年、東京都西多摩郡に生まれました。幼少期は戦争中で、空襲警報発令にいつも怯えて過ごす日々でした。

今でも思い出すのは、暑い夏の日、空襲警報発令のサイレンが鳴ると防空頭巾を被り、汗まみれで家に走って帰り、家の片隅の小さな防空壕に避難したこと。防空壕は暗くて狭く夏は暑くて、皆で汗まみれの身体を寄せ合い、空襲警報が解除になることを祈っていました。ようやく空襲警報が解除になり、外に出て空を見上げると、青い空にお饅頭のような雲がいくつも浮かんでいました。しばらく見とれていましたが、お饅頭のような雲は風に流されて、青い空に吸い込まれて消えてしまいました。私は、空に向かって「お饅頭の雲、食べないで！」と叫んでいました。

庭の柿の木では、急に蟬が鳴き出します。私はびっくりして柿の木を見上げて、蟬に「ごめんね」と言い、家に戻って、空腹を満たすため水瓶の水を柄杓《ひしゃく》で飲み、空腹を我慢しました。

大人も子供も、食糧難の空腹に耐え、切ない日々を過ごしていました。私は恵まれた家庭に生まれましたが病弱で、食べ物の好き嫌いが激しく、近所の子供たちの輪に入って遊ぶことは苦手。ちょっと変わった女の子で母には苦労をかけましたが、母は愛情をもって私を育ててくれました。

戦争のさなか、私は重い病を発症し、死の淵を彷徨《さまよ》って入院しました。医師と母の懸命な処置と看護で無事退院し、元気になりましたが、病後の私にとって防空壕に避難するのはつらいことでした。

戦争が早く終わり、安心して家の中で布団に寝たいと思ったものでした。

第二章　学童期

昭和二十（一九四五）年四月、私は国民学校に入学しました。新一年生は二組あり、私は一組になりました。

入学式では担任の先生が出席を取ります。

「大きな声でハイと返事してください」

男子から名前が呼ばれていき、いよいよ私の名前が呼ばれました。ところが緊張のあまり声が出ません。先生に何回も「舞子さんはいませんか。返事は？」と言われて、私は黙って手を上げました。式が終わり、教室に入ると、皆は自分の名前を見つけて席に着いていきますが、私は弱視のため、うまく名前が見つかりません。ウロウロしていると、担任の先生が「早く席に着きなさい」と冷たく言いました。私は悲しい気持ちになり、教室から逃げたいと思いました。全員が席に着くと、担任の先生は「私の名前は西野《にしの》一路《いちろ》です」と言って、黒板に名前を大きく書きました。「覚えてください」と言い、また出席を取ります。私は意地悪な先生だなと思いました。この時も、返事はしませんでした。

入学から数日がたったある朝、登校していると背後で足音が聞こえました。振り向くと、誰かがいきなり私を突き飛ばしたのです。私は転倒して両手をついてしまいました。すりむいた手のひらに血が滲んでいました。立ち止まって手のひらをハンカチで押さえていると、突き飛ばした女の子が私のほうに戻ってきました。隣の席のAさんでした。私が（謝りに来たんだ、本当は優しい、いい子なんだ）と心を緩めた瞬間、Aさんは私の後ろに回り、今度は「変なの背負って、バーカ」と言ったのです。私は我慢できずにAさんの髪を手で引っぱり、胸を押しました。

ちょうどその時、上級生が通りかかりました。状況を知らない上級生は一方的に私が悪いと言って、Aさんの手を握り、私を置き去りにして学校に行ってしまいました。私は悔しくて涙を拳で押さえて学校に向かいました。上級生は何も聞かずに、私を悪い子と決めつけている。もう誰も来ない道を、「上級生もあの子もバカバカ」と言いながら一人寂しく学校に向かいました。

学校に着くと、授業前に先生に一方的に叱られて廊下に立たされました。悔しさと惨めさで、私は外へ駆け出して小川に行きました。川岸に座って草をむしり取り、小川に投げると、草はバラバラに散らばり、流れて見えなくなりました。私は家にも学校にも戻れず、怯えていました。空襲警報発令のサイレンが鳴れば家に帰れるのにと思いましたが、空襲警報の発令はなく、勇気を出して学校に戻り、廊下に立ちました。

そこへ女の先生が通りかかり、「一緒に謝ってあげようか」と、優しく声を掛けてくれたのに、私は背を向けてしまいました。一時間目が終わって、やっと担任の先生が「教室に戻ってAさんに謝りなさい」と言いました。

Aさんの机に〝私は悪くない〟と書いた紙を置くと、Aさんはそれを素早く握り潰してポケットへ入れて私を睨みました。

私は皆にいじめられるようになり、学校に行くと声が出なくなりました。誰とも会話ができず、学校に行くだけの日々。一人ぼっちで一日中時間を持て余していました。

長かった一学期の最後の日。先生から通知表を受け取り、家に帰っておそるおそる通知表を見ました。成績は私のプライドのため内緒……。

まだ戦争は終わりません。夏休みになっても外で遊ぶことはあまりできないでしょう。

夏休みに入って数日後のことです。八月六日に広島、九日に長崎に原子爆弾が投下されました。

そして、夏休みも残り少なくなった昭和二十年八月十五日正午。天皇陛下が終戦を告げる放送をラジオで聞きました。天皇陛下の言葉は幼い私には難しく理解できない部分もありましたが、戦争が終わったことは理解できました。

戦争によって何の罪もない多くの方の尊い命が犠牲になり、国民は食糧難で厳しい生活を送ってきましたが、戦争が終わって、もう空襲警報のサイレンが鳴り響かなくなり、怯えることなく外で遊ぶこともできて、残りの夏休みは穏やかに過ごしました。夏休み最終日。無事宿題を終わらせたけれど、明日からのことを思うと気が重くなります。

二学期が始まっても席替えはなく、Ａさんの隣は嫌だけれど仕方がないので我慢しました。私は誰とも会話ができない子供になりました。日常的に小さないじめは続いていましたが、私は相手にしませんでした。

休み時間、皆が楽しそうに遊ぶ姿を校庭の片隅で見ている私に「一緒に遊ぼう」と声を掛けてくれても私は仲間に入れませんでした。「うん」の一言が出ないのです。（私の声はどこへ行ってしまったの）心の中で叫んでいても誰にも伝わりません。皆の仲間に入って遊びたいと思うのに、身体が言うことを聞かずに仲間に入れない自分が悲しくなるのでした。

ある日の授業中、机の下に鉛筆を落としてしまい、足で寄せて拾おうとしましたが届きませんでした。休み時間になったので拾いに行こうとすると、Ａさんが私の鉛筆と分かっているのに、先生に「落とし物です」と言って持って行き、落とし物箱に入れてしまいました。私の鉛筆は落とし物箱へ投げ込まれました。

私はそれを取りに行く勇気がなく、鉛筆を取り戻すことを諦めました。私の心は壊れて、泣くことさえできません。意地悪をされるのは、ただ無言でいる私が悪いからなのでしょうか。

夏も過ぎて初秋の風が頬に心地よい季節。昭和二十年十月三日、父は私に何も言わずに他界してしまいました。

まだ六歳。父の死が理解できず、夕暮れになると私は玄関に座り父の帰りを待っていました。

父の死から二か月後、心の癒えないうちに父を追うように兄と弟も天国へ旅立っていきました。私の心は魂が抜けたようになり、学校に行くことがつらくなり、教室にも入れず、入り口で俯いていました。

私は、先生から忘れもしない言葉を掛けられました。

「そんなに学校が嫌なら明日から学校へ来なくていい」

家に帰り、母に言いました。

「もう学校へ来なくていいと言われたから、明日は学校には行かないよ」

「行くだけでいいから行きなさい。誰のためでもない、自分のために行きなさい。行けば何か一つでも覚えられるでしょう」

母はそう言いました。

私は母のために学校に行くことにしました。今は自分のためではない、母のために行く。心配をかけたくなかったし、戦争が終わって数か月が過ぎても国民の暮らしぶりは厳しい。私の家も父が他界して、何一つ不自由なかった暮らしから貧しい暮らしになったため、母は昼も夜も働き生計を立てていたからです。

私は寂しくて、笹舟を持って小川に行ってみました。夏休みの時分には道端に青々茂っていた雑草も、今では茶色く枯れて道端にへばり付いて寒さに耐えていました。水に浸かっている枯れ草を道に上げて、「また来るね」と言いました。

帰り道、木の葉が風に飛ばされてくるくる回りながら私を追い越していきました。途中で風向きが変わって、戻ってきた木の葉は私の足に纏《まと》わり付き、払いのけるとまた風に飛ばされて見えなくなりました。誰もいない土手に座っていると、川のせせらぎも寒々と聞こえました。家に帰って洗濯物を取り込み、母の帰りを待ちます。
しばらくして、父、兄、弟が天国へ旅立って初めてのお正月を迎え、寂しくお雑煮を食べました。

年月が過ぎて私は四年生になり、担任が替わりました。新しい担任の先生は、髪がフサフサで眉毛が濃くて、初めは怖そうに見えて嫌だなあと思いましたが、とても優しい先生で、私にいつも笑顔で優しく接してくれました。この先生なら信頼できそうだと思いました。

私は皆と行動ができるように頑張ってみようと思うようになりました。勉強もしようとノートを開き、黒板の文字を書き写そうとしましたが、私の視力では黒板の文字はまったく見えませんでした。私は諦めてノートに〝見えない〟と書きました。

すると、休み時間に、普段は乱暴な男の子、春君が、「字汚いけど、大きく書いてあるから」と、ノートを貸してくれました。本当は気配りのできる彼の優しさに泣きそうになりました。

お陰で初めてノートが文字で埋まりました。〝ありがとう〟と書いて、黙って春君の机の上に置きました。私は一人ではない。担任の先生と春君がいれば、私は何も恐れず学校生活を送れると、勇気が湧いてきました。

数日後の終業後、教室を出るのが最後になった私は、クラスメイト数人によって教室に閉じ込められてしまいました。私はパニックになって、力任せに戸を開けようとしましたが開きません。でも、落ち着いて考えたら、私を教室に閉じ込めている限り、ドアを押さえている皆も帰れないのです。そのことに気づいた私は席に戻り、椅子を台にして——幸い教室が一階だったので、窓から脱出して下駄箱に行き、メモに〝先に帰ります〟と書いて、誰かの靴に入れて家に帰りました。その後やっぱり気になったので学校に戻り、下駄箱を見たら誰もいませんでした。握りつぶされたメモが落ちていたので、私はそのメモを拾い、ポケットに入れました。

今日は私の勝利でしたが、明日が心配になりました。でも、朝一番に皆が教室でどんな顔で私を見るか、楽しみな気もします。

翌朝、皆何事もなかったように席に着きました。すると、先生が「昨日舞子さんを教室に閉じ込めた人は謝りなさい」と言い、先生も一緒に謝ってくれました。私に初めて謝ってくれたいじめっ子たち。なぜか私のほうが照れてしまいました。

先生が、「舞子さんは目が悪いためできないことがあるので、皆で支えてあげてください」と言ってくれました。私も先生にいつも返事ができなくてごめんなさい、と声にならない声で言いました。笑顔で私の名前を呼んで、いつも「元気かな」とつけ加える、心配りのできる穏やかな先生。私の心にも微かな光が当たり始め、明日は元気に返事をしようと思うのでした。

会話はできないけれど、学校に行けば自分なりに何か学ぶこともあると思うようになりました。

春の遠足が近づきましたが、私は参加することを渋っていました。遠い知らない場所で一人ぼっちになるのが怖い。迷子になるのではという不安もあったからです。先生は何回も家庭訪問に来て、私に遠足に参加するように勧めてくれました。それで、私は参加することを決めました。

遠足当日、お弁当と水筒を持って学校にいくと、もう皆集まっていました。先生が、

「舞子さん、来てくれないのかと心配したよ。よく来てくれたね。心配しないで、大丈夫だから。先生が見守るよ」

と、言ってくれました。

汽車に乗り電車に乗り換えて目的地に着きました。あちこちの見学が終わり、お弁当の時間になりました。友達がいない私が一人でお弁当をひろげていると、先生が「舞子さんの隣に座っていいかなあ？」と言いました。

先生が「一緒に食べよう」と言うので、私は頷き、食べ始めました。先生が「舞子さんのおむすび、おいしそう」と言ったので、おむすびを一つ、先生の前に出しました。先生が「食べていいの？」と言うので頷くと、先生は大きな口を開けて一口で食べてしまいました。

その時、先生からキャラメルを二つもらいました。家に持ち帰って、母に、先

生とお弁当を一緒に食べてキャラメルをもらった話をすると、母が「遠足に行ってよかったね」と言いました。私も良い思い出が残せたと思いました。

数日後、畦道《あぜみち》を散歩していて近所に住む叔母さんに会い、こう言われました。

「舞子さん、夏休みに赤ちゃんの子守りをお願いできるかね？」

私は「母に聞いてみます」と言い、少し道草をして家に帰り、母に「叔母さんに子守り頼まれたんだけど」と言うと、母は「舞子ができると思うなら行ってあげなさい」と言いました。私は一晩よく考えて返事をすることにしました。

学校から帰り、叔母さんの家に行きました。とても緊張して、家の前で深呼吸をしてから「こんにちは」と言うと、叔母さんが赤ちゃんを抱っこして出てきて、「来てくれるね。よかったよ、赤ちゃんを抱っこしてみる？」と言いました。

私がおそるおそる抱っこすると、赤ちゃんが泣きそうになったので、おばさんに戻して帰りました。担任が替わってからはいじめが少なくなって、班の輪にも入れるようになり、友達も一人できました。転入生の女の子で、家が近いので学校にも一緒に行くようになり、家の近くに来れば話せるようにもなりました。気持ちは以前より明るくなり、学校にも少し馴染めてきました。

そして一学期も終わり、夏休みに入って一日目から子守りに行きました。赤ちゃんは未来ちゃんという女の子でした。最初は大変だったけど、オムツを替えたりおやつをあげたりしているうちに、「妹だったらいいなぁ」と思うまでになりました。

最後の日、おばさんが「ありがとうね。来年も頼むね」と言って、封筒をくれました。私は未来ちゃんに「またね」と言って帰りました。叔母さんに抱っこされた未来ちゃんが私を追いかけようと身を乗り出すので、「またね」と手を握り、別れを惜しみました。私はいつまでも手を振っている未来ちゃんを愛おしく思いました。

家に帰って封筒を開けました。少ないけれど、お金を頂いたのです。初めて自分で稼いだお金。父の仏壇に供えて、母の帰りを待ちながら、まだ終わっていない宿題を始めましたが、頑張っても明日までにはとても終わりそうにないので、途中でやめました。

母が帰ってきたので、「今日で子守りが終わってお金をもらったので家の足しにして」と言って封筒を渡すと、「舞子が夏休みに働いて頂いたものだから舞子の欲しい物に使いなさい」と返してくれました。

五年生と六年生の夏休みも子守りに行き、六年生の秋には自分で稼いだお金で念願の眼鏡を買いました。でも、学校には眼鏡を掛けていく勇気はなくて……またいじめに遭いそうで怖かったのです。

まだ皆とは会話できないけれど、小学生最後の修学旅行も先生のお陰で行くことができて最後の思い出を残すこともできました。卒業式では、元気に「ハイ」と言って先生から卒業証書を受け取り、「ありがとう」と言いたい、と思いました。

皆で写生に行った時に、一人ぼっちで描いた一本の大きな杉の木と掲示板の絵がコンクールで三位に入選。赤い紙が名前の下に貼ってあり、私は目を疑いました、皆も「すごいね」と言っていました。母に話すと、仕事を休んで見に来てくれて、「上手く描けているね」としばらく見とれていました。母は近所の人に「うちの娘の絵です」と嬉しそうに話していました。後日、クラスメイトが「舞子さん、絵上手だね」と私の周りに集まってきました、私は心の中で（ありがとう）と呟くけれど、声に出して言えません。心で思っているだけでは誰にも伝わらない、でも声は出ない……。私の心の声は誰にも届かないけれど、先生には届きそうな気がしました。

何かと忙しかった二学期も終わり、冬休みになり自分の部屋を整理整頓しました。小学生最後の大晦日を迎え、母とコタツでラジオを聴きながら年越しそばを食べて一年間を振り返り、語り明かしました。そうして新しい年を迎えるのです。太陽が昇るのを待ち、手を合わせて、（皆と会話ができますように）とお願いしました。

小学生最後の誕生日の朝、先生が、「十二歳のお誕生日おめでとう。中学生になっても困難に負けず、舞子さんらしく学校生活を送ればいいよ。無理するな」

と書いたカードをくれました。先生は私を見捨てないでくれました。

最後の学芸会は、先生の計らいで、全員参加の劇。私も小道具を用意して参加しました。

そして卒業式の当日、お世話になった先生に大きな声で「ハイ！」と返事をして卒業証書を受け取りたいと思いましたが、やっぱり声を出して返事はできませんでした。

私は先生に一度もきちんと返事をすることなく卒業してしまうことを無念に思いました。何度か心を開くチャンスがあったのに、拒否してしまった私。良い先生だったけれど、二度と言葉を交わすことはないでしょう。最後に、先生は、校門に立って、卒業生一人一人にさよならの握手をしてくれました。

第三章　中学生時代

昭和二十七（一九五二）年四月、中学生になりました。私はいじめられるのを覚悟で、初日から眼鏡を掛けて登校しました。「舞子さん、眼鏡よく似合っていて格好いい」と言う声が聞こえたので、不安になって眼鏡を外そうとしたら、小学校の時にノートを貸してくれていた春君が、「外してはだめ！」と一言言って、私を追い越していきました。

中学生になっても、学校に来ると声が出ません。私の声はどこへ消えてしまったのでしょう。

中学生になると、部活動に入らなければならないので、私は書道部に入部することにしました。書道部は数人の小さな部でしたが、先輩たちが歓迎してくれました。最初は参加していましたが、考えてみれば、わざわざ放課後にやらなくても、書道なら家でもできるのではないかと思いました。私は、少しでも早く帰って、外で働く母のために家の手伝いをして、少しでも母の身体を休ませてあげたかったのです。

私は中学生になっても変わることなく、私らしく中学生活を送ればいいと決めました。今さら変わることはできなかったのです。今までどおりに中学生活を送っていましたが、私には一つだけ夢がありました。

裕福な家庭の子供が着ているセーラー服に憧れて、義務教育最後の卒業写真にはどうしてもセーラー服を着て、中央の良い場所で記念写真を撮りたい。それが私の夢でした。当時は女子の数人がセーラー服を着ていました。私もせめて最後の写真だけは、普通の中学生としての姿を残したかったのです。そこで、私は近所の農家に中学二年の夏休みまで手伝いに行き、お小遣いを貯めてセーラー服を買いました。

中学生活は、いじめは少なくなりましたが何も楽しいこともなく、相変わらず無言のまま皆と別れることを切なく思いました。

でも三年間で一度だけ感動した授業がありました。ウサギの解剖体験です。私は怖くて目を閉じていました。先生が「目をしっかり開けて見なさい」と言いました。私はおそるおそる目を開けてみました。先生が大きなハサミで、気を失っている兎のお腹を切り開き、血がお腹からジワジワ滲んでくると、思わず眼鏡を伏せました。また目を開けて良く見ると、先生はウサギの内臓を丁寧に説明して、最後に心臓を手の平に乗せました。じっと見ていたら小さな心臓がピクッと動きました。私は、命の神秘に感動しました。

その後、先生と皆で裏庭に行き、大きな鍋でそのウサギを調理しました。先生が「煮えたから食べなさい」と言いましたが、私は食べられないと、首を振って逃げました。

「ウサギ殿の供養だから食べてあげなさい」

先生がそう言うと、一人の男子が食べて、「スゲーうまい！」と言いました。でも、その後は誰も食べようとしません。誰かが「校長先生に持っていこう」と校長室へ持って行きましたが、校長先生が食べたかは分かりません。

いよいよ卒業記念写真の撮影の日になりました。私は勇気を出して中央の列に行き、最後の写真に収まりました。いつも一人離れて写る写真が悲しかったのです。

今、長かった義務教育が終わろうとしています。私は九年間、先生、同級生と言葉を交わすことなく学校生活に別れを告げようとしています。

卒業式では、やっぱり無言で卒業証書を受け取り、皆に一礼して席に戻りました。拍手を受けて中学校を後にしました。

命を捨てたいと思ったことが何度もありましたが、母のことを思うとできませんでした。私の心は閉ざされたままだけど、私は自分の心の鍵は自分で開けて、生まれ変わって新しい人生の一歩を踏み出そう、そう思いました。

過去は捨て、誰も知らない町で、真っ赤に錆び付いた心の鍵は自分で磨き、いつか輝く鍵を胸に掛けたい。幸福な道を探して……。

第四章　社会人になって私は生まれ変わる

昭和三十（一九五五）年四月、十五歳の春。私は貧しいけれど住み慣れた我が家を離れて、誰も知らない町で過去を捨て、生まれ変わって希望ある未来へ第一歩を踏み出します。この時をどれほど待ちわびたことか。桜の花びらが肩に舞っていました。

母がバス停まで送ってくれました。いつまでも手を振る母の姿に泣きそうになり、次のバス停で降りたい気持ちを抑えて、とあるバス停で乗り換えてしばらく行くと、メモに書かれていたバス停で降りました。

バス停には、女の人が待っていました。私は「こんにちは」と挨拶をしました。「舞子さんですか。織物工場のお手伝いです。お迎えに来ました」と言い、その人は荷物を一つ持ってくれました。

私は緊張して会話が途切れてしまい、黙ってお手伝いさんの後を付いて行きました。このままでは過去の私に戻ってしまう。私は思い切って、お手伝いさんに「名前教えてください」と言いました。

お手伝いさんが「キミと言います。キミちゃんと呼んでね」と、優しく教えてくれました。

「着きましたよ」

そこは大きな二階建ての家で、玄関で奥様が迎えてくれました。部屋に通されて、お茶とおせんべいを出していただきました。お茶だけ飲んで、「ごちそうさまでした」と言ったら、「遠慮なんかしていたら、皆が来たら何も食べられないよ」と言って、二階でゆっくり食べなさいと紙に包んでくれました。

キミちゃんが二階の部屋に案内してくれました。

「舞子さんはこの押入れに荷物を入れて、夕方までゆっくり休んでいてね」と言って、キミちゃんは下に行ってしまいました。すると、急に不安が押し寄せてきました。

今夜から、まだ顔も知らない人たちと一つ屋根の下で共同生活。他人とは関わらないで過ごした日々。この先どんな困難が来ても、過去の私には戻らない。

夕方になって階段をドタドタと上がる音がします。私は部屋の隅に正座して固まっていました。これから一緒に働く先輩たちが仕事から戻ってきたようです。皆で輪になって自己紹介して少したった頃、「夕ご飯ですよ」と、キミちゃんが下から大きな声で呼びました。私はどうしていいのか分からず、戸惑って座っていました。

「舞子さんも早く行こうよ」と手を引かれたけど、「今日は働いていないから、私は夕ご飯はいらない」と言ったら、先輩が、「そんなことを言っていると生きていけないよ。明日から働くでしょう?」と言うので付いていきました。

食卓に着くと奥様が、

「今夜は特別、舞子さんを歓迎してお赤飯をキミちゃんに炊いてもらったから、遠慮しないで食べてね」と言い、先輩たちが私を見て笑い出しました。

先輩が私のお赤飯の上に塩ゴマをかけて、「この先、遠慮なんかしていると生きていけないよ」と言います。私は彼女たちの何気ない仕草や言葉に温かみを感じ、部屋に戻りました。

「舞子さん、初めてお母さんと離れて寂しくて泣くなよ。今夜は真ん中に布団を敷いてあげるから」と、先輩は布団を敷いてくれました。

先輩たちは仕事で疲れているのか、すぐに寝息が聞こえてきました。私はなかなか眠れずに朝を迎えました。

社会人一日目。眼鏡を掛けて先輩と工場へ行きます。仕事が始まる前に、社長が「今日から働いてくれる舞子さんです」と皆に紹介をしてくれ、私は「よろしくお願いします」と言うことができました。

仕事の説明をしていただきましたが、織物機の凄まじい音のため説明がよく聞き取れず、しばらくは見て覚えることにしました。

一日で仕事の内容は覚えるようにしました。

夜、先輩が「必ず覚えておいたほうがいいから」と言って、糸を持ってきて機《はた》結《むす》びを教えてくれたので、私は一度で完璧に覚えました。先輩が「舞ちゃんすごいね」と言いましたが、実は母から機結びは必ず必要になるからと、事前に何回も練習していたのでできただけ。私は決して覚えがいいわけではないけれど、あえて言うこともないかなと思い黙っていました。

仕事にも慣れて数か月が過ぎ、秋には慰安旅行がありました。友人と生まれて初めての東京見物です。心ウキウキで当日バスに乗り込むと、バスガイドさんが笑顔で迎えてくれました。

会話ができることでけんかをしたり仲直りしたりできるのに、ずっと黙っていた中学までの私。でも、私は九年間もの長い年月を無駄に過ごしてきたとは思いません。どんな孤独にもいじめにも淋しさにも耐えられる心を養うことができたのだから。

仕事が休みの日には仲間と町に出掛けて映画を観たり食事をしたり、普通の十五歳の日々を満喫しました。もうすぐ十六歳の誕生日を迎える……そんな時、思わぬ事態が起きました。

機械の音の合間に社長の怒鳴り声がします。社長と目が合った私が呼ばれました。私はおそるおそる近づき、「何かご用でしょうか」と言うと、社長は「この反物をよく見なさい」と言いました。

その時、私は異変に気づくことができませんでした。通いで来ていた先輩が泣きだしそうに俯いていました。ようやく私にも意味が分かりました。

「反物の縦糸が切れていたことに気づかず織り進んでしまったために反物が傷物になり、商品にならない」と社長は怒りました。

私は他人事ではないと思いました。それから数日考えました。世の中甘くはない。視力の悪い私にはこの仕事は無理だと思い、大きなミスを起こさないうちに辞める決心をしました。

仕事が休みの日、先輩たちの「おいしいもの食べに行こう」という誘いを断り、広い部屋に一人残りました。

「じゃあ、お土産買ってくるからね」と皆は見違えるほどお洒落をして出掛けていきました。

私は広々した部屋で、「これは挫折ではない」と自分に言い聞かせて辞職願を書いて社長に渡しました。

「どうして辞めるの？　訳を聞かせてくれよ」

私は、「仕事が嫌で辞めるのではありません。私は視力が悪いので、損失を与えない前にと思いまして」

社長に納得していただき、私は一年余りで織物工場を辞めました。挫折の壁を自ら選んでしまいました。

夕方、先輩たちが手にケーキの箱を持って帰ってきました。

「舞ちゃん、遅くなってしまったけど、これ、皆から。お誕生日おめでとう」

と、ケーキとハンカチを頂きました。

夕食の後、皆でケーキを食べましたが、工場を辞めることは言い出せなくて、私は作り笑いを浮かべるだけでした。その夜は眠れないまま朝になり、朝食の時に社長から私が辞めることが告げられました。

先輩たちは動揺して、「どうして辞めてしまうの」と口々に言います。私は後で社長に聞いてくださいとだけ言って、黙って工場へ行きました。

そして数日後。私は実家に戻り、母としばらく暮らすことにしました。母は何も言わず私を見守り、支えてくれました。

一年余りで社会人失格になってしまったことを悔やんでみても仕方ない。この先の自分の道は、必ず自分で見つけようと私は思いました。

数か月後、再就職もできたので家を出て部屋を借り、一人で生活を始めました。生活に余裕がなく、月末にはお粥をすすって乗り切りました。貧しい暮らしには慣れていたので苦にはなりませんでした。

それから数年が過ぎ、まだ生活に余裕はありませんでしたが、二十二歳で四歳年上の人と結婚しました。翌年長女を、七年後には次女も授かりました。私と違って元気でリーダーシップのある娘たちと、真面目でお酒が大好きな夫。裕福ではないけれど、賑やかで、幸福を感じられる日々を過ごしました。

結婚して子供が生まれてから私は専業主婦になり、忙しい日々を過ごしてきましたが、子供も社会人と高校生になりました。私ももう一度社会に出て働きたい

郵便はがき

料金受取人払郵便

新宿局承認

3971

差出有効期間
2022年7月
31日まで
（切手不要）

160-8791

141

東京都新宿区新宿1－10－1

(株)文芸社

愛読者カード係 行

ふりがな お名前		明治　大正 昭和　平成　年生　歳	
ふりがな ご住所	□□□-□□□□	性別 男・女	
お電話 番　号	（書籍ご注文の際に必要です）	ご職業	
E-mail			
ご購読雑誌（複数可）		ご購読新聞 新聞	

最近読んでおもしろかった本や今後、とりあげてほしいテーマをお教えください。

ご自分の研究成果や経験、お考え等を出版してみたいというお気持ちはありますか。

ある　　ない　　内容・テーマ（　　　　　　　　　　）

現在完成した作品をお持ちですか。

ある　　ない　　ジャンル・原稿量（　　　　　　　　　　）

書　名				
お買上 書　店	都道 府県	市区 郡	書店名	書店
			ご購入日	年　　月　　日

本書をどこでお知りになりましたか?

1.書店店頭　2.知人にすすめられて　3.インターネット(サイト名　　　　　)

4.DMハガキ　5.広告、記事を見て(新聞、雑誌名　　　　　)

上の質問に関連して、ご購入の決め手となったのは?

1.タイトル　2.著者　3.内容　4.カバーデザイン　5.帯

その他ご自由にお書きください。

(　　　　　)

本書についてのご意見、ご感想をお聞かせください。

①内容について

②カバー、タイトル、帯について

弊社Webサイトからもご意見、ご感想をお寄せいただけます。

ご協力ありがとうございました。

※お寄せいただいたご意見、ご感想は新聞広告等で匿名にて使わせていただくことがあります。

※お客様の個人情報は、小社からの連絡のみに使用します。社外に提供することは一切ありません。

■書籍のご注文は、お近くの書店または、ブックサービス(0120-29-9625)、セブンネットショッピング(http://7net.omni7.jp/)にお申し込み下さい。

と思うようになり、新聞の求人チラシに目を通すことが日課になっていました。

そんなある日、突然電話が鳴ったので出ると、

「お宅の近辺に福祉施設を開設しました。よろしければ面接に来ませんか」

と、知らない人からの誘いの電話でした。〝渡りに船〟のような気がして、私は船に乗ってみようと思い、夜、家族に相談してみました。

家族が「面接だけでも受けてみたら？」と言うので、数日後、健康診断書と履歴書を持って面接へ向かいました。家もまばらになった山間の小高い丘に、真新しい三階建ての施設がありました。

後日、内定通知が届きました。それからは毎日研修の日々で、多くの施設で学び実習も体験して、一か月後、入社式が行われ、私は特別養護老人ホームの介護職員になりました。初めての夜勤ではナースコールに緊張。広い施設にはまだ入居者が数人しかおらず、廊下では自分の足音だけが響いて、少し怖くなりました。

呼び出しのあった部屋に行くと、呼び出した人はナースコールを握って眠っていました。隣の方も覗いてみましたが眠っている様子で安堵しました。最初の夜

勤は、入居者より職員の人数のほうが多く余裕がありましたが、ベッドが満床になった時には途方もなく忙しくなるだろうと思いました。初めての夜勤は無事終わり、日勤者に申し送りをして家に帰りました。お風呂に入って一休みのつもりが、目が覚めた時には正午を過ぎていて急いで制服を洗いました。

一か月後にはベッドは満床になり、忙しく走り回る日々が続きました。私は女性四人の担当になり、また、器楽クラブの担当にもなりましたが、音符も知らない私は四苦八苦でした。

入居者と共に学び、時には入居者が教える側、担当者が教わる側に入れ替わることもありました。皆で大笑いした時もありました。自分自身も努力して楽しく過ごし、私は幸福だなと思いました。

介護の仕事に就いて三年目の秋。敬老会の司会を任されました。私には大役でしたが、勇気を出して引き受けました。担当者と打ち合わせを繰り返し、原稿を書き上げて何度も見直しました。

来賓の方の紹介、お祝いの言葉、職員のアトラクションに花束の贈呈。時間の調整もしながら進めなければなりません。限られた時間内にすべて終了できるのか心細くなり、実際の舞台に立ってみたりもしました。

当日、私は早めに家を出ました。会場に着いて、もう一度原稿を確認し、〝大丈夫〟と胸を叩きました。

その時、事務所から、いつもお世話になっている方が体調を崩して来られないため、代理でお弟子さんが来られると連絡が入りました。その時は呼ぶ名前が変わるだけで時間的な問題はないと軽い気持ちでいました。

直前に代理人の名前を聞かされ、同級生だと分かりました。九年間、一度も会話できないまま卒業してしまった同級生。鼓動が激しく打ち、私の心臓は爆発しそうです。

周りの人に悟られないように心を落ち着かせる余裕もなく、私の脳裏を過去が過ります。最大のピンチをチャンスに変える絶好の時と思い、気持ちを切り変えて舞台の端に立ち、式典を進行しました。まだ三郎君は私に気づいていない様子で、正面を見ています。

敬老会も順調に進み、花束の贈呈も終わって式典も最後になりました。

「最後に、私事で申し訳ございませんが少しお時間を頂けますか。実は来賓の方に、何十年ぶりかでお会いした同級生の方がいらしています。佐藤三郎君」

私がフルネームで名前を言うと彼は前に出てきて、「久しぶり」と固い握手をしました。

「変わったね、いい意味で。今度クラス会の時は参加、待ってるよ。約束だよ」

そう言って帰っていく後ろ姿に、中学時代の面影を感じました。生まれて初めて握るマイク。人の先頭に立ち、すべて私の指示で進行していきます。いつも人の後ろを歩いていた私でしたが、この日は心地良い疲れを感じました。

間もなくクラス会のハガキが届きました。最初で最後になるかもしれないと思い、出席に○を付けて迷わず投函しました。

数日後、敬老会の担当者で飲み会をしました。

「皆さんの支えで　無事、敬老会も終わることができました。ありがとう。今日は私の奢りなので、遠慮なく食べて飲んでね」

皆で乾杯しました。楽しいひとときは過ぎて、何でも話し合える親友と二人で二次会に行き、色々と話し込みました。子供の頃の話になって、「問題児だった私を、小学校四年の時の担任の先生はとても親身になって支えてくれたのに、一度も会話をすることなく卒業してしまったことをとても後悔している」と話し、先生の名前を言いました。

「その先生、私の近くに住んでいる人だと思う。段取りしてあげるから会いなさいよ」

なんという偶然でしょう。こうして、恩師に再会できるチャンスが来たのです。

第五章　恩師と三十五年ぶりに再会する

恩師との再会当日は、母校の校門の前で待ち合わせをしました。

校門に着いて校舎を見渡すと、幼い頃が走馬灯のように脳裏をよぎりました。

会いたい気持ちとその場から逃げたい気持ちが交錯する中でしばし待ちました。

一台の車が私の前で止まり、窓越しに「舞子さんですか」と懐かしい声を聞きました。先生の隣に座ると、先生は、

「遠足の時に私の隣に座ってお弁当を食べてくれたね、時々思い出します。とても嬉しく思いました」

と、お話しされました。

三十分余りで先生のご自宅に着き、奥様に迎えていただき部屋に招かれ、テーブルを挟んで向かい合って座ると、そこにはお酒とおつまみが用意されていました。奥様は、「用事がありますのでゆっくり先生とお話しなさってくださいね」と言い残して家を出て行かれました。

恩師でも二人だけになることには少し抵抗を感じましたが、先生が正座して「舞子さんのことは気にしていたが、何も力になれなくて申し訳なかった」と言って、布にくるんだ小さなものを差し出しながら、「私の命を舞子さんにやる」と言うのです。私が「そんな大切な物は受け取れません」と返すと、先生は「舞子さん

にしてやれることは何もない」と悲しそうな顔をされるので、私は「大切にお受けします」と、差し出された物をバッグにしまいました。

「元気に再会できたことに乾杯しよう」

「先生、乾杯の前にお願いがあります。私は、今、先生から卒業証書を受け取りたいので持ってきました。名前を呼ばれたら、必ずハイと言います」

先生がネクタイを締めて、私の卒業証書の授与式が始まりました。「鶴舞子さん」と呼ばれると、私はしっかりと「はい！」と答えました。

三十五年ぶりの卒業式です。これでやっと卒業できた、そんな気がしました。

ついに、クラス会の日がやって来ました。母校前に集合して、観光バスに乗り込みます。

やがてバスが会場に到着すると、受付で幹事さんに会費を払って席順のメモを受け取り、着席しました。右隣は担任ではなく英語の先生でした。

先生と初めて会話を交わすことに戸惑いもありましたが、「お久しぶりでした」

と私から挨拶をしました。もっとも、先生は私のことが分からない様子でしたが……。

全員が席に座ると、自己紹介が始まりました。私も緊張しましたが、旧姓を言い、現在の家族構成を紹介し、「無言で送った学校生活はとてもつらく長い年月に感じましたが、今は家庭を持って福祉の仕事に携わり幸福な日々を過ごしています」と述べました。

幹事の音頭による乾杯をすませ、私が一人でビールを飲んでいると、私の前に一人の男性がコップを持ち座りました。黒板が読めない私に、ノートを貸してくれていた春君でした。

「舞子さん、皆の前で元気に自己紹介もできるようになった、幸福になった舞子さんに乾杯しよう」

私は小さい声で乾杯しました。

「春君、あの時はありがとう。すごく嬉しかったよ」

「下手な字を書き取るの、大変だったでしょ」

と、春君は苦笑いをしていました。たしかに、正直言って、春君の乱筆が読めなくて意味が分からない箇所もありました。

二人で幼き日の思い出を語り合い、気がつくと、春君と私の周りに数人が集まってきました。何のわだかまりも緊張も不安もなく、私は同級生として会話の輪に溶け込めるようになっていました。

これで過去の苦難ともサヨナラできたような気がしました。

楽しいひとときは過ぎてクラス会もお開きになり、二次会へ行こうということになりました。外は雨が降っていましたが、皆に誘われるまま参加することにしました。

参加者多数のため、全員が入れる店を探すのに手間取ったようですが、苦労の末、全員が入れる居酒屋が見つかりました。一人静かにお酒を飲む人、気持ち良さそうに熱唱する人、私の周りにまた数人が集まり、話に花が咲きました。

私はマイクを持って、「私の話を聞いていただけますか」と尋ねました。

皆から了解の拍手を頂き、私は、

「今日クラス会に参加できたことで過去の心のわだかまりが解けました。今日からはクラスの輪に加わらせてください。皆さんと共に歩んでいきたいです」

と伝えました。

誰かが、「すごく感動した」と言って、と拍手をくれました。

第六章　長い入院生活に落ち込む日々

秋の夕暮れ時。施設内は忙しく、半身麻痺の方を食堂に連れていくため車椅子を押して移動中、腰を捻ってしまい、腰の辺りで嫌な音がしました。

食堂まではなんとか誘導しましたが、今までに経験したことのない痛みです。医務室で湿布を貼ってもらい、痛み止めをもらって家で一晩様子を見ましたが、痛みは治まりません。整形外科を受診し、レントゲン撮影の結果、腰椎の圧迫骨折が判明しました。胸から腰椎までギプスで固定された状態で車椅子に乗り病室に行くと、すぐに点滴をされました。整形外科病棟は六人部屋でしたが、そこになぜか内科の病気の女の子が一人いました。

夕方、病室に来た担当医から「舞子さんは三週間の入院を要します」と告げられました。家のことや仕事のことが気になるけれど、仕方ありません。退院の日を待つだけです。翌日からは点滴と牽引をすることになり、歩くのは歩行器を使用、トイレ以外はベッドで安静を守るよう担当医から告げられました。

夜になって、夫と娘が着替えを持ってきてくれました。

「家のことは心配しなくていい。職場には入院したことを連絡しておいたから何も心配するな」

夫はそう言って、娘と帰っていきました。

数日後、隣のベッドの女の子が声を掛けてくれました。

「舞子さん、売店に必要な物があれば、私は自由に歩けるから買い物してくるよ」

「ありがとうね。明日、家族が来るから大丈夫です」

「いつでも必要な時は行ってあげるからね」

彼女は病室を出て行きましたがすぐに戻ってきて、「おいしい飴を買ってきたから」と、包み紙を剝いて私の口に入れてくれました。その時は少し強引だと思ったけれど、小学生の時の遠足で先生に飴をもらったことを思い出し、懐かしい思い出に浸りました。

「舞子さん、おいしいでしょう?」

「とてもおいしいね」

「これ、後で舐めてね」

女の子は、私のベッドの横に飴をそっと置いてベッドに入り、日記を書いていました。

元気な時は、時間を気にせずゆっくり横になりたいと思ったりしましたが、私はやっぱり元気で仕事に追われて走り回っているのが幸福なんだと思い直しました。

日々、点滴と牽引で日が暮れますが、痛みは一向に治まる気配がなく、三週間が過ぎてギプスは取れたものの左足に麻痺と痺れがあり、退院はまだ先になると先生に告げられてしまいました。

入院から二か月が過ぎても麻痺はひどくなる一方で、左足は痩せ細って、歩行も困難な状態になってしまいました。不安は募ります。当時はまだＣＴやＭＲＩのような高度な設備がなく、脊髄造影検査が行われていました。検査の結果、ほかの病が見つかり、担当医より手術することを告げられました。

手術前に色々な検査を行い、手術に耐えられる体力をつけて、手術の日取りも決まると、先生から「新年は家で迎えてよい」と、五日間の外泊許可が下りました。二か月ぶりで家に帰り、しばらくぶりのお風呂に入りました。

（我が家はいいなあ）

家族と大晦日を迎えて、久しぶりにビールを飲んで年越し蕎麦を食べ、紅白歌合戦を途中まで見ると、少し疲れました。

我が家は落ち着いて休めましたが、和室に布団を敷いて休むので寝起きに苦労しました。一人で起き上がることは無理だったので、家族に手助けしてもらい、大変な思いをさせて済まないと思いました。そして、家族と新しい年を迎え、娘たちが苦労して用意してくれたお節とお雑煮を頂きました。

私はもうすぐ病院に戻らなければなりません。貧しくても健康が一番と思いました。この先どうなるのか不安な気持ちで病院に戻ります。

最初の入院から三か月が過ぎた昭和六十二年一月十五日。午後一時に手術室へ向かいました。薄れゆく意識の中、家族が「頑張ってね、待ってる」と手を握ってきました。先生と研修医が数人いることは分かりましたが、その後の状況は分かりません。意識が戻った時に、何かがぼやけて見えました。ナースコールだと理解するのに数十秒を要しました。ナースコールを押してみると、すぐに看護師さんが来てくれました。

「今、何時ですか」

「朝の五時です。痛みますか？　心配したよ。すぐ先生を呼びますね」

看護師さんは、病室を足早に出て行きました。

担当医がすぐに来て、「やっと目が覚めてくれたか」と言いながら、私の瞼を上げて、傷口二か所のドレーンを見て、看護師さんに輸血の用意の指示をしました。生まれて初めての輸血に不安を感じましたが、命に関わる治療なので了解する間もなく輸血が行われ、私の血管に他人の血液が流れていきました。しばらくして、腕を冷たい水に入れた時のような痛みと不安に襲われ、看護師さんにコールしました。

看護師さんと先生が来てくれました。

「特に異状はないから大丈夫。少し様子を見ましょう。冷たい血液が入ったから痛みを感じるのかも」

何度も輸血を中止してくださいと訴えましたが、もちろんやめてくれません。五時間余り痛みに耐えてやっと輸血が終了。痛みから解放された時、思わず看護師さんに「もう明日はしないで」と弱音を吐いてしまいました。

「明日にならないと何とも言えません。夕食は重湯くらいは出ると思います。しっかり食べて、輸血をしないで済むようにね。完食できるように頑張って。夕食は私が介助に来るね」

そう言って看護師さんは病室を出て行きました。しばらくすると、「お待たせ」

と言いながら食事を持ってきてくれました。

「配膳が終わったら私が介助しますから、少し待ってね。ごめんね」

戻ってきた看護師さんに食事の介助をしてもらったけれど、重湯のため、仰《ぎょう》臥《が》位《い》で食べることは困難でした。

私は介護の仕事で、何気なく食事介助をしていましたが、今は私が何もできない介助される側です。この先どうなるのでしょうか。

後日、先生から詳しい説明を聞いたところ、骨がつぶれて脊髄を圧迫しているとのことで、骨盤を切除して脊椎に移植する大きな手術をしました。九時間余りの時間を要しました。

「一か月は仰臥位で安静を保つ必要があります。骨を固定しているから違和感があると思うけれど、手術は成功しているので、あとは、骨がくっついたらコルセットを装着して、ベッドを少しずつ上げて様子を見ましょう」

朝食は子供が通学の前に食事介助に来てくれて、昼と夕食は看護師さんのお世話になり、心苦しい日々が続きました。今、私は全介護の患者。毎日天井を見ていると、介護者だけが大変なのではなく、患者もつらく、不安な気持ちであることが理解できました。もし仕事に復帰できたら、前よりも優しい心で介護ができると思いました。

手術から数日後、普通食になりましたが、仰臥位のままなので、ベッド用のサイドテーブル上に置かれた食事を見ながら食べることができません。そこで、鏡に映したものを見ながら食べるのですが、これが思ったより大変なことでした。私は食事がストレスになり、配膳車の音に脅えるようになりました。食欲はなく、食べないこともたびたびで痩せてしまいました。手術から数日後、同僚数人が見舞いに来てくれましたが、同僚の一人が私のしおれた姿を見て、「舞子さん、もうダイエットは大成功だからちゃんと食べなさい」と言い、私は我に返りました。

検温に来た看護師さんに、食事を自分で食べられるように、朝食はパン食に、ご飯はおむすびに変更していただきたいと伝えました。

「それは良い考えですね。さっそく厨房に連絡してみます」

夕食は私の我儘を聞き入れていただき、佃煮を入れたおむすびがお皿に二つ。

右手を伸ばして取り、吸飲みのお茶を飲み、術後初めて完食しました。久しぶりにお腹も満たされて元気になりました。

三週間の入院のはずが大手術になり三か月が過ぎたある夜、先生が大きな荷物を持って病室に見えました。

「舞子さん、コルセットが出来上がったので、その前に移動式レントゲンで撮影しますよ」

同室者の患者さんに廊下に出ていただき、レントゲンを撮りました。先生はレントゲン技師としばらく撮影フィルムを黙って見ています。私は不安と期待で胸がドキドキしていました。

「舞子さん、移植した骨はしっかりついたよ。明日の午後、コルセットを装着してみようか」

そう言いながら先生が壁のカレンダーを見ました。すると、

「ごめんね、舞子さん。明日はコルセットを着けて、ベッドを上げることができないよ」

と言います。

「どうして明日は駄目なの」

「カレンダーが仏滅だからね」

私が子供のように「明日にして」と何度も訴えるので、先生は胸ポケットから赤いボールペンを取り出し、カレンダーの仏滅に斜線を引いて、その上に〝大安〟と記入しました。これでいよいよ明日、コルセットを着けられます。

長かった寝たきりの状態から解放されること。何より心待ちにしていたトイレに行くことが可能になる日が来ると思うと、嬉しさが増しました。

夕食は明日のために完食。そして、夜勤の看護師さんが消灯前の見回りに来た時、「甘くておいしいよ、食べて」と、苺を口に入れてくれました。本当に甘くておいしかった。そんな何気ない優しさが嬉しく、今日まで頑張ってきて良かったと思いました。残りは朝に食べると言うと、

「ラップを掛けておくね。明日頑張ってね。おやすみなさい」

と、カーテンを引いて明かりを消して部屋を出て行きました。

優しい看護師さんの足音が遠ざかって聞こえなくなるまで、私は耳を澄ませていました。

翌日、いよいよコルセットを着ける日です。午後、先生が看護師さんを二人連れてきました。先生が、ずっと仰向けだった私の身体を右側臥位にした時、背中に風が吹き抜けた気がしました。三人かかりでコルセットを装着した時、眩暈《めまい》がしましたが黙っていました。先生がベッドのリクライニングを三センチ上げて、これでしばらく様子を見ることになりました。

夕食後に「コルセットを外して元に戻します」と告げられて、私は今日からベッドに座って食事ができると思っていたので落ち込みました。

「まだ起きられないの？」

「骨を移植したのだから、今日明日というわけにはいかないよ。一週間後に撮るレントゲンの結果しだいで、コルセットを装着してベッドを起こして食事ができるようになるかもしれない。もう少しの我慢だよ。足を上げてみて」

そう言われて、足を上げようとするが上がらず、先生が膝の下に手を添えてや

っと両膝が立ちました。先生は私の膝の下に枕を入れて、

「つらくなったら看護師さんに外してもらって」

そう言って病室を出て行きました。


一週間後、レントゲンの結果は良好でした。

昼食前にコルセットを装着して、ベッドのリクライニングを上げて、久しぶりに皆の顔を見て食事ができました。食膳が一目で分かり、お喋りをしながらの楽しい食事です。何より嬉しかったのは、パジャマに手足を通して着られたこと。介助があれば仰臥位から側臥位に体位変換ができるようになり、随分楽になりました。


そして車椅子から歩行器になり、長くつらい入院生活の日々も終わり、松葉杖を支えに我が家に帰りました。入院から七か月が経過していました。

自宅での生活は、室内の段差や洋式でないトイレが困難で家事も思うようにできず、心が沈みました。何回も外泊もしていて自信があったはずなのに、病院と

家ではかなり差があり、不安な日々を送りました。

退院して三週間後。左足の痛みと痺れが強く、麻痺も軽減されなかったため、検査のため再入院となりました。

検査の結果、脊柱管狭窄症で手術を行うことになりました。その時、前回の手術の時移植した骨を固定していた金具を取り除き、三週間で歩けるようになりました。固定していた金具を取り除いたため腰の違和感も軽減されて、以前より遥かに回復に向かっている実感がありましたが、病は再び私を襲い、今度は両肘も手術をすることになり、三か月の入院生活を送りました。

退院後、職場に退職願を持って行きました。「元気になるまで籍を置いておいたら」と言っていただきましたが、私はこの状態では社会復帰はあり得ないと思いました。

入居者にさよならの挨拶に行くと、皆が寄ってきて「寮母さん、いつから来てくださるの」と口々に言います。

「ごめんね、元気になれなくて……。お仕事としては来られないけれど、遊びに来ます」

居室を出ると、「待ってください」と車椅子で追いかけてくる高齢の女性が。いつも控えめで心を閉ざした方でしたが、

「寮母さんが病と闘っているのになにもできずごめんなさい」

と言いながら、小さな赤と白の「折り鶴」を手渡してくださいました。不自由な身体で私のために折ってくれた紅白の折り鶴。私は「ありがとう、大切にします」と、それを財布に入れました。帰り道、色々なことが脳裏を過り、残念な思いもありましたが、これで良いんだと心に収めました。

明日から無職になります。医療費のことを考えると、家族に負担をかけて心苦しい気持ちです。傷病手当金もあと六か月余りで終わります。

第七章　社会復帰に向けてリハビリ開始

私は仕事復帰するために、心を新たにして本気でリハビリに専念しようと思いました。

退院後、初めての診察とリハビリの時、担当医に、

「仕事は辞めました。リハビリに専念して必ず仕事に復帰します。よろしくお願いします」

そう宣言して松葉杖に頼り、リハビリ室に向かいました。先生は病室に何回か来たことがある方だったので顔もすぐ分かり、緊張もほぐれました。

この日は初めてなので、松葉杖なしで手すりに摑まって歩く練習と、肘の曲げ伸ばしで終わり。思ったより楽なリハビリでした。

帰りは歩いて帰りました。元気な頃は十五分で歩けたけれど、今は三十分以上もかかりとても疲れましたが、久しぶりに良い汗をかき、気持ちも晴れ晴れしま

した。

リハビリ開始から半月、思いもよらない噂を耳にしました。リハビリしても、足の麻痺は全快の見込みがないというのです。暑いさなかだったこともあって、私はつらいリハビリに行くことをやめてしまいました。

仕事への復帰も諦めてしまい、落ち込む日々を送って、その日もぼんやりと縁側に腰掛けていました。バイクの音がしたので庭に出て行ったら、郵便配達の人が「お手紙です」と手渡してくれました。「ご苦労様」と言いながら送り主を見ると、入院していた時に同室だった、内科の病気の女の子からの手紙でした。

「舞子さんこんにちは。お身体は大丈夫なんですか？　何があったのですか。急にリハビリに来なくなったと先生が心配しています。頑張って仕事に復帰することは諦めてしまわれたのですか？　入院中、怖いお婆さんがいて、皆は怖がって寄り付かなかったけど、舞子さんはいつも親身に、訳の分からない話に耳を傾けていたよね。舞子さんはお年寄りの対応がうまいから、もう一度頑張ってください。私も長い入院でしたが、近く退院できそうです。舞子さんに会いたいです」

そう書いてありました。

私は重い病と闘っている女の子にまで心配をかけてしまったことを恥ずかしく思いました。

その時、机の上の小さな紅白の折り鶴が目に留まりました。入居者様から頂いたあの折り鶴です。

そうだ。私も、折りかけていた小さな紅白の折り鶴を集めた千羽鶴を完成させて、女の子に会いに行こう。リハビリに専念して仕事に復帰することを告げられるように頑張ろう。そう思いながら千羽鶴を完成させました。女の子の手紙で心が元気になり、数日かけて完成させた紅白の折り鶴。十ミリの正方形の紙で作った小さな鶴。

私は両手に乗ってしまうほど小さな千羽鶴を持って、診察を兼ねて病院へ向かいました。

久しぶりの待合室では、リハビリも診察もサボってしまったことを叱られるかもしれないと緊張しました。名前を呼ばれて診察室へ入ると、

「心配したけど、元気そうだね。リハビリはどうするの？」

と、先生に言われて、私は、リハビリはやめます、と心にもないことを言いました。

「舞子さんがリハビリをやる気になったら、いつでも来ていいからね。待ってるよ」

あまのじゃくな私に、先生は優しい言葉を掛けてくれました。

急いで女の子の病室へ行くと、荷物の整理をしていました。

「こんにちは。何してるの？」

「舞子さん！　よかった、今日会えて。明日退院するの。もう舞子さんに会えないと思ってた」

と再会を喜びましたが、すぐに泣きそうな顔になり、

「でも、どうしてリハビリをやめてしまったの。頑張って仕事に復帰すると言ったのに」

と、本気で私を心配しています。

「リハビリはやめても自分で頑張って、きっと社会復帰するから……。手紙ありがとう。すぐに来られなくてごめんね。入院中から、貴方にあげようと折り始めた千羽鶴が完成しなくて……。やっと完成したので、受け取ってください」

「こんな大切な千羽鶴、私がもらっていいの？」

「貴方のために折りました。間に合ってよかった」

親子ほどの年の差なのに、いつも私の心を支えてくれる不思議な関係。

私は少し足を延ばして文具店に行き、また折り紙を購入しました。

第八章　生きる勇気と希望の折り鶴

昭和六十四（一九八九）年一月七日、最後の傷病手当金の手続きに行った日に、誰かが「昭和が終わる」と言いました。言葉通り一月七日で昭和は終わり、年号が平成に変わりましたが、私は何も変わらず、落ち込む日々を過ごしていました。

病の発症から十八か月が過ぎましたが、まだ松葉杖に頼らないと歩けません。今月で傷病手当金の支給も最後。これからは医療費も家計の負担になります。身体も心も壊れてしまった自分のために千羽鶴を折り、完成できたらもう一度リハビリに専念しようと決めました。まず折り紙を十ミリ四方の正方形に切り、千羽分を揃える準備に十日余りかかりました。鶴を折るのにどれくらいの日にちを要するか見当もつきません。この鶴を完成できなかったら、私には未来はないと思いました。でも、入居者様から頂いた紅白の鶴と、女の子からもらった手紙を見ると頑張れそうな気がしました。

家族を送り出して家事もすべてこなしてから、出直すためにと千羽鶴を折り始めました。

一日の目標は二十羽と決めました。きちんと正方形に切れていない折り紙は折り目が合わず、折ってはのばしてまた折ってと、思うように鶴が折れません。半日かけましたがギブアップ。この時点で満足に折れた鶴は七羽でした。目標まであと十七羽もあります。昼食を取り、夕食の準備をしてから目標に向かって鶴を折ります。夕方までかかって、何とか目標の二十羽は折れました。

毎日目標に届かない折り鶴でも、ここで諦めてしまったら未来は見えません。もうすぐ、病を発症してから三回目の秋を迎えます。


秋も深まり、このまま今年も終わってしまうのか。せめて朝、仕事に、学校に行く家族を笑顔で送り出すことと、留守をしっかり守ることだけはきちんとしようと思いました。皆が出掛けた後、何気なく机の前に座って、無造作に置かれてホコリを被っていた制作途中の千羽鶴を見ていたら、重なり合った鶴が「早く完成して自由にして」と言っているように思えました。

すぐに紅白に分けて針に糸を通すと千羽鶴が完成。紅白のリボンを結び、居間に吊るして思わず「やった！」と叫びました。

それから数日が過ぎ、家族に、「最近松葉杖使わないね」と言われて、松葉杖をほったらかしていることに気がつきました。私は、玄関に立て掛けてある松葉杖を綺麗に拭きました。

「長いことありがとう。今日でサヨナラします」

松葉杖を物置の隅に置き、戸を閉めて部屋に戻りました。そして、バスで町に行ってみました。松葉杖なしで一人での外出は三年ぶりでしたが、思うほどつらくはなく、これなら頑張れば仕事に復帰できそうに思えたのです。左足の麻痺は少し回復していました。

翌日職場に散歩を兼ねて遊びに行き、施設長に、

「私をボランティアで使ってください」

とお願いすると、快く受けてくださいました。

「元気そうだし、明日から来てもらえると助かります」

そう言われて戸惑いましたが、私は「ハイ」と言ってしまいました。もう後には引けません。やってみなければ未来はやってこないのです。

家族に反対されたけれど、私はこれが社会復帰に一歩近づくチャンスだと思いました。

社会復帰から１年、53歳の私

朝礼で、「今日からボランティアでお手伝いをしてくださる舞子さんです」と紹介されて、「よろしくお願いします」とだけ言いました。

仕事にはまったく自信がありませんでした。主任さんに「舞子さん、頑張らなくていいよ。話し相手になってあげて」と言われた時、まだ私を病人扱いしているなと思いましたが、まあしょうがないかと素直に話し相手をすることにしました。午後は私にできないことをメモに書いて主任さんに渡してから、おむつ交換をすることになりました。

主任さんに「小柄な女性のおむつ交換を」と言われて、自分一人でできると思ったのですが、小柄な女性を側臥位にすることすらできず、主任さんに支えていただいて、やっとの思いで三年ぶりのおむつ交換をしました。

数日が過ぎる頃には一人でおむつ交換ができるようになり、一か月もすると体力も付いて、離床以外は普通にこなせるようになりました。できることが増えると、勇気が湧いてきます。

そして三か月が過ぎたある日、突然施設長から呼ばれました。私は介護にミスがあったと思って急いで施設長室へ、向かい、「失礼します」と小さな声で言っておそるおそる施設長室へ入りました。

「私は介護者として無理ですか」

「とんでもない！　入居者にも信頼されているし、正職員として元のように介護の仕事に戻ってみませんか」

嬉しい言葉を頂きましたが、「私はこの職場で働くことはできません」と告げてボランティアを辞め、新しい職場で社会復帰することにしました。

左足に麻痺は少し残っていましたがほぼ回復していたので、その後は元気に充実した日々を送り、多くの入居者を支える介護の仕事に専念しました。

第九章　母の突然の旅立ち

母は病院内家政婦として元気に定年まで勤め、第二の人生は穏やかな日々を過ごしていました。年に一度の健康診断で「胃癌の疑いで精密検査を要する」と診断され、精密検査を受けると初期の胃癌が見つかりましたが、母に告知はせず、胃潰瘍ということにして胃の三分の一を切除する手術を受けました。

仕事帰りに見舞いに行くと、母はベッドに腰掛けて足をブラブラさせていました。二日前に手術をしたとは思えないほど元気な母を見て、私は安堵しました。

「母さん、調子はどう?」

「舞子のお陰で元気になれたよ。ありがとうね」

「今日は仕事が早番でまだ売店が開いていたから、母さんの好きなプリン買ってきたよ」

プリンを母の口元に近づけると、母は私からスプーンを取り上げて言いました。

「舞子ちゃん、あーんして」

思わず私が口を開けそうになると、久しぶりに母の笑顔がこぼれました。

「一人でトイレも行けるから心配ないよ。早く家に帰って家族の夕食を作りなさい」

「今日は娘たちが夕食を作るから心配ないよ。母さん、明日は仕事が遅番で来られないかも」

「いいよ、来られる時に来て」

母はそう言うけれど少し寂しそう。

夕食が運ばれてくると、ヨーグルト以外は完食しました。食器を配膳車に戻して、ベッド周辺を整え、洗濯物をまとめて袋に入れていると、母が言いました。

「もう帰るの？」

「消灯時間までいるよ。何かしてほしいことがあったら言って」

「舞子には無理かもしれないけど、足の小指の爪がタオルケットに引っかかるのよ」

視力の弱い私は爪切りが苦手だけれど、母の願いに応えてあげたかったので、眼鏡を拭いて、爪を切ろうとした時、食後の薬を配りに看護師さんがやって来ました。

「済みませんが、娘は眼が不自由なので爪を切っていただけますか」

母がそう言うと、看護師さんは母の足を見て、快く爪を切ってくれました。

「これでもう大丈夫ですよ。おやすみなさい」

看護師さんが病室を出て行った後、母は言いました。

「ごめんね、舞子にいやな思いをさせて」

「母さんごめんね。仲間に恵まれて皆が支えてくれるから、仕事上でも自分以外の人の爪は怖くて切ったことがなくて。でも、元気に働いているから心配しないで。おやすみ」

そう言って、家路を急ぎました。

二日後に見舞いに行くと、母は点滴スタンドを連れて廊下を歩いていました。

「待ってたよ。今日から普通のお粥になって、お腹いっぱいになったけど何だか口寂しいわ」

「飴、持ってきたよ。棒が付いているから大丈夫だと思うけど、舐め終わるまでいるよ」

病室に戻って、母はゆっくりと飴を舐め始めました。しばらくしても「まだだよ」と母は言いますが、棒を引き抜いてみると飴はなく、棒だけが残っていました。

「残りの飴は引き出しに入れておくからね。今日は帰るけど、食べたいものはない？」

「林檎が食べたい」

「明日は遅番なので来られないから、明後日おいしい林檎を買ってくるね」

そう言って病室を後にしました。振り返ると、母が病室のドアを少し開けていつまでも手を振っているのが見えます。後ろ髪をひかれる思いでした。

二日後、母の病室を訪ねると、母は病室の窓から外を眺めていました。「母さん」と声を掛けると、母は驚いて振り向きました。

「舞子が来るのを見ていたの。今日で点滴が終わって、今朝からは軟らかめのご飯になったよ。来週いつでも退院していいって。退院の日を決めたら先生に知らせてって。外に散歩に出てもいいって」

そこで、昼食を取ったら散歩に行こうということになりました。しばらくすると、配膳車の音がして、看護師さんが昼食を持ってきてくれました。

「ありがとうね。舞子、少し食べる？」

「家で食べてきたから心配しないで」

主菜は、母が好きな煮魚でした。とても美味しそうです。母は無言で食べていましたが、最後に「ああ、おいしかった」と言って完食し、箸を置きました。今日にでも退院できそうです。

食後しばらくして、母の手を握り病院の外に出ました。母は何度も深呼吸をしています。何十年かぶりに母と手を繋ぐと、幼い頃の母の手の温もりが脳裏を過ります。草木の匂いをかいだ母が、「もう初夏だね」と言いました。

売店に寄ってお茶を二本買い、病室に戻って母娘で退院決定を祝って乾杯をしました。

「荷物、少し家に持って帰るね」

「舞子も気が早いねえ。今日は、とても楽しかったよ」

「よかった。林檎を剥いて小さくカットしておくから食べてね」

数日後、母は元気に退院しました。


癌の告知から七年が過ぎ、再発もなく安心していましたが、母の介護に専念しようとした矢先、母は突然、心筋梗塞で旅立ってしまいました。

母の介護よりも仕事を優先してしまったことを後悔しても、母はもう戻りません。もう少し早く仕事を辞めていたら母の異変に気づくことができ、一命を取り留めることができたかもしれない。私は、母の命も、施設の方の命もどちらも大切だと思っていましたが、私がいなくても施設には多くの介護士さんがいる、どうして母の介護を選択しなかったのかと思うと、悔やんでも悔やみきれません。

母が他界して一週間が過ぎても仕事に行く気持ちになれず、辞職届を事務所に提出しました。

しかし、いくら悔やんでも時は戻りませんし、母も喜ばないでしょう。せめて天国で迷わず父の所へ行けるようにと、母のために金の折り紙でできた千羽鶴を折ることにしました。そして、完成したらもう一度介護の仕事に携わろうと思いました。

これまでに折った鶴は一万二千羽。友人のお見舞いのほか、結婚式のお祝いに急に頼まれて徹夜で折ったこともありました。その時のお返しに鶴と亀の絵柄のお茶碗を頂き、今でも大切に飾っています。

だんだんと悲しみも薄れ、母の四十九日の法要も済ませた頃、

「もう一度福祉施設で介護の仕事に専念することを許してくれますか？」

と、母の墓前に話し掛けました。

早春の風に墓前の花が揺れた時、母が「今は私が父さんの相手をするから、舞子は元気に介護に戻りなさい」と言っているように感じました。

第十章　再び介護の仕事に復帰

平成八（一九九六）年四月、新しい仲間と一か月の研修を受けて、新設の施設の正職員となりました。しかし、私はあと三年余りで定年を迎えてしまいます。私が介護に携われる年月はわずかなのに、私を必要としてくださったことに報いたいと思いました。

入居者様が心穏やかに、幸福だったと思える人生を過ごせるように、どんな訴えにも耳を傾けて、嬉しい時も悲しい時も寄り添い、支えていけるように広い心で接することを心がけました。

仕事にも慣れて、私は誕生会の担当になりました。担当者は三人いましたが、勤務シフトの都合上、当日一人で準備に追われることもありました。誕生日カード制作の思案で徹夜になることもたびたびでした。誕生日の直前までカードに書くメッセージが浮かばず、書いては消して苦心して書いた時は、カードの言葉を読んで入居者様が涙して喜ぶ様子にもらい泣きすることもありました。

私が担当していたのは四名の女性で、皆明るく元気な方でした。時には本気で言い争いになっても次の日には何事もなかったように「おはよう」と、挨拶を交わします。私にとって、幸福を感じる一時でした。


そして年月は過ぎて、勤務して三年目の一月。目に異常を感じてすぐに眼科医で診察を受けました。検査の結果、眼底出血と診断され、しばらく安静が必要になったため、休暇を頂いて治療に専念することにしました。

数日後、出血も止まり、仕事に復帰しましたが右目の視力は低下、白内障も重なって文字が見えません。介護の現場に携わることに無理を感じました。

上司に相談し、残念だけど私は介護の現場を離れることにしました。施設長にも掛け合って、洗濯はすべて私に任せると言っていただき、私は今まで全職員が順番で行っていた入居者様の衣類の洗濯をすべて受け持つことになりました。

入浴日には想像を絶するほどの洗濯物が出ます。衣類の山を前に、呆然と立ち尽くすこともたびたびありました。

今日から一人で洗濯を担う洗濯場はいつも戦場のよう。容赦なく入浴室から洗濯カゴが運ばれて、業務用の洗濯機二台と乾燥機二台が一度に動き出すと、その騒音に不気味さを感じるほどでした。

今まで多くの職員が携わってきた洗濯場には、持ち主不明の衣類が積まれていたので、暇を見ては該当者を探し歩き、持ち主の手に戻すことにしました。洗濯場も見違えるほど綺麗になり、出窓には花を飾って、窓を開けました。入居者様を見掛けた時に声掛けやすいようにと思ったからです。気軽に会話できることもあって、入居者様が数人で訪ねてくることも増えていきました。現場を離れても変わらず元気に会話できることが嬉しく、洗濯の仕事ができることに感謝しました。

介護の現場は離れましたが、元気な入居者様は、洗濯を仕分けてたたむのをよく手伝ってくださいました。支える側なのに支えていただいたこと、ありがたく思いました。

そして定年まで数か月余りとなった頃、職員の研修旅行の案内が届きました。国内と海外の二組に分かれて行く旅行でしたが、私は何日も続けて仕事を休むことはできないと思い、どちらもお断りしました。

ところが、施設長が直々に、

「舞子さんはあと数か月で定年を迎えてしまうので、思い出に海外へ行きませんか？」

と、申込書を洗濯室に持ってきてくださったのです。考えた末、お誘いを受けることに決めました。

そして私は生まれて初めてパスポートを手にしました。

（夢なら、海外旅行が終わるまで覚めないで）

これが最初で最後の海外旅行になると思いました。

一か月後、ついにその日が来ました。夜明け前に旅行会社のバスが施設まで迎えにきて、私たちは暗闇の中バスに乗り込み、一路成田空港に向かいました。初めての海外、初めての飛行機に不安はありましたが、もう戻れません。荷物を受付カウンターのベルトコンベヤーに置いた時、海外に着いた時に自分の荷物をきちんと回収できるのか不安になったので、荷札のそばに目印に赤いハンカチを結び、荷物を預けました。次の手荷物検査も無事に済み、機内に乗り込みました。機内はとても広くて座席の多さに驚きました。

座席には空席がありました。私は同僚と窓際に座りました。これから六時間余りの空の旅、初めての海外旅行は香港です。やがて静かに飛行機は飛び立ち、しばらくして窓越しに下界を見下ろしました。白い雲を下に見ることは初めてで、私は雲の上を歩いてみたいと思いました。

すぐに機内食が配られ、とてもおいしくいただきました。その後は皆座席に寄りかかり眠り込みました。朝早くて疲れたのでしょう。

やがて飛行機は静かに香港空港に着陸しました。心配した荷物も無事手元に戻り、安堵しました。

空港の外はあいにくの土砂降りでしたが、バスでホテルに向かいました。部屋はとてもお洒落な二人部屋で、私たちは飲みませんでしたが、カウンターにはワインとグラスも用意されていました。

大きな客船で夕食を取りました。舞台では多くの人が豪華な衣装を身に着けてダンスをしたり歌を披露したりと賑やか。楽しいひとときを過ごしてホテルに戻ります。途中で缶ビールを買って二人で乾杯しましたが、残念ながら、香港のビールは私たちの口には合いませんでした。お風呂に入ろうと浴室に行きましたが、シャワーだけでお湯には浸かれず、物足りなさを感じました。

ベッドに入ると、疲れていたのかすぐに眠りにつきました。二日目も雨が降っていましたが買い物に行きました。言葉がよく分からず、思うような買い物ができず断念！　香港の夜景を見に行きましたが、やはり雨が降っていたため、夜景はぼやけてよく見えず、残念な結果に終わりました。

最終日にやっと雨がやんだので、午前中少し市内見物をしました。

あっと言う間に香港滞在は終わり、飛行機は成田空港へ向かいます。夜遅く家路に着きました。とても疲れました。明日から洗濯に追われる日々が続きそう。楽しい思いをしたのだから仕方ないと気を取り直し、職場には早めに出勤しました。

洗濯に追われる日々が続き、平成十一（一九九九）年二月末に私は定年を迎えました。朝礼でお世話になりましたと挨拶をして、花束と、職員全員からの寄せ書きを、施設長からは立派な蘭の鉢植えを頂きました。私は泣きそうになり、「ありがとう」と言うのが精一杯でした。

洗濯の仕事は、一か月前に二人のパートの方が来てくださったので二人に引き継ぎをしました。二人のパートさんに洗濯機を任せて、私は心残りなく最後の洗濯物を入居者様に届け、「今日で定年なので、しばらく皆とお別れします」とだけ伝えました。

最後の一日が終わり、夫が車で迎えに来てくれました。数人の職員が荷物を車に運んでくれた時、寂しさが込み上げてきて「さよなら」と言えませんでした。

家に着いて、玄関に荷物を置いてそのまま職員の皆さんから頂いたたくさんの贈り物の中から寄せ書きを取り出して読んでいると、夫が「何してるの」と玄関に戻ってきました。

「家に入ってゆっくり読めや」

「ハイ、すぐ行きます」

そう言いつつ、私はその場で職員全員の寄せ書き読み尽くしました。夫は呆れていましたが……。

明日から第二の人生が始まります。しばらくはゆっくりしようと思っていると、退職から数日がたった夕方、生活課の課長から電話がありました。送別会をするからと場所と日時を告げられ、迎えに行くからとのこと。当日は主任が車で迎えに来てくださいました。会場に入ると、皆に拍手で迎えていただき、大きな花束を頂きました。

「今日は私のために送別会を開いていただき、ありがとうございます。それに大きな花束もありがとうございます」

挨拶が終わると、課長が、

「舞子さん定年退職おめでとう。舞子さんに乾杯！」

とグラスを上げました。私は少しお酒に酔い、ご機嫌でしたが、突然課長から一曲歌ってとマイクを渡されて戸惑いました。

「デュエットで歌いませんか。選曲は舞子さんにお任せします」

皆に囃し立てられながら、人前で歌を披露するのは最初で最後だと思いました。課長の助けがあって最後まで歌うことができました。

その後は月に一度、ボランティアとして二年間携わらせていただきましたが、視力が低下したため辞めることにしました。

以前から通院していた眼科の先生が替わったため、紹介状を書いていただき、さっそく大学病院を受診しました。通院三回の検査の結果、手術は可能とのこと。個室を希望したので入院は四か月先になりましたが、希望の個室に入院できるこ

拡大鏡のある私の机

とになりました。入院の当日は夫と娘が送ってくれました。入院の翌日に左目、翌々日右目を手術し、無事成功しました。

入院して五日目の退院の日、病院の外に出た私は空を見上げました。こんなに澄み渡った青い空を見たのは久しぶりです。幼い頃、空襲が解除になって防空壕から出て見上げた空が脳裏を過りました。以前より遥かに色彩が鮮やかです。一人で散歩にも行けるようになり、私の心の視野も広くなった気がします。

色ははっきりと分かりますが、視力の改善には及ばず、文字を読んだり書くことは不可能になりました。そのため、眼科医とロービジョン（視覚障害）ケアの先生の助言を受けて、視覚障害手帳を申請しました。平成二十三年六月に視覚障害者二級の認定を受けましたが、白杖を使用する勇気がなく、いつもバッグの中に入れて歩いています。いつか白杖の支えが必要になるその日まで、バッグの中で私を見守ってほしいと思いながら……。

某大学病院のアイセンターのロービジョン外来に通院し心のケアを受けている時に、

「無理かもしれないけれど、私の波瀾万丈な人生を残したいと思うんです」

と伝えたところ、先生たちの助言で市町村の助成制度を受けることができました。そして、私の部屋に大きな拡大鏡が設置されたのです。

少しずつ時間をかければ読み書きも可能になりました。この世に私が生存した証しをこの世界の片隅に残したい。それが今、私にできることだと思いました。何より、拡大鏡に頼れば書けそうな気もします。

残りの人生、命と視力が同時に終わりを告げられることが私の願いです。拡大鏡に「今日もよろしく」と声を掛けて私の一日が始まります。新聞も拡大鏡の下に広げれば、時間はかかりますが読むことができます。拡大鏡を相棒に残りの人生を有意義に過ごしていけることに感謝しています。

第十一章　諦めていたマイホームが実現

ある日、何気なく見た新聞の折り込みチラシで手頃な物件を見つけました。夫にそのチラシを見せると乗り気で、早速現物を見に行きました。現地には〝売り出し中〟ののぼりが立っていましたが、誰もいません。家の外観や周囲を見ていたら不動産会社の方が見えて、「どうぞ家の中を見てください」と言いました。

庭も広くて日当たりも良く、買い物も便利な物件でした。大きな買い物なので一晩考えて購入することにしましたが、私と夫の購入意思は変わらなかったので、数日で手続きは完了しました。不動産の方に「ローンのために銀行をお世話します」と言われましたが、思い切って「現金で購入します」と言うと、驚いた様子でした。その後、金融機関の個室を借りて全金を収めて登記書とたくさんの書類と家の鍵を受け取りました。長かった借家ともお別れです。襖を張り替えて丁寧に掃除をして、「長い間ありがとう」と玄関の鍵を掛けて家主さんにお返ししました。

新居に移るにあたって、家具、家電製品、カーテンも新しくしました。

夢に見た自分の家の鍵！　幸福を噛みしめました。

二〇一四年九月、七十代の加齢黄斑変性という視力低下を引き起こす病気の女性に、世界初のｉＰＳ細胞シートの移植手術が行われました。数日後の女性の経過は改善の兆しがあったとラジオで聞きました。医療技術の確かな進歩に期待を寄せて、私も諦めないで希望を持って生きていこうと思いました。

第十二章　最後のクラス会になるかも？

まだ寒い早春の夕暮れ、郵便受けを覗くと一枚の往復ハガキが届いていました。見ると私宛てのハガキでびっくり。めったにないことなので急いで自室に行き、拡大鏡のスイッチをいれて内容を読むと、クラス会のお知らせでした。

私たちも喜寿を迎える年齢になり、これが最後のクラス会になるかもしれません。不安はありましたが、出席することにしました。

数日後、出席に丸を付けて返信を投函。生まれ変わったもう一人の私を披露できる最後のチャンスです。前回のクラス会では、自分の心の中のことを思うように表現できませんでした。今回は小学校から中学校時代の心の中を話し、社会人になって生まれ変わったもう一人の私を披露できるチャンスを期待して、会場の決定の知らせを心待ちにしていましたが、クラス会の三日前になっても会場の案内は届きません。私は焦りと怒りでクラス会のハガキを握りつぶしてゴミ箱に投げ捨てました。でも、ピンチはチャンスということもあります。私は勇気を出して、震える手で幹事さんに電話を掛けました。

「鶴舞子です。クラス会の出席でハガキを出しましたが、届いていませんか？」

「ええっ？　名簿を確認してすぐに行きます」

幹事さんは驚いた声でそう言い、電話が切れました。しばらくすると、パンフレットを持って幹事さんがやって来ました。

会場の説明をしてもらうと、バスと電車を乗り継ぐ必要があるとのこと。私は視覚障害者なので一人では会場には行けないと告げると、家が近い女性に、一緒に行ってくれるようその場で電話して頼んでくれました。

「優子さんという方ですよ」と、幹事さんが携帯電話を差し出すので電話を替わりました。

「舞子です。突然のお願いで済みませんが……」

「大丈夫よ！　私も心細かったの。行きは、主人が車で送ってくれるから」

優子さんにそう言っていただき、安堵しました。

クラス会の当日は冷たい雨が降っていて、初夏とは思えない寒い日でした。

この日のために新調した洋服では寒いので、別の洋服を着て指定された場所で待っていました。義務教育の九年間を振り返ってみても、同級生と会話を交わしたことも楽しく遊んだこともなかった私。つらく悲しかったことが走馬灯のように脳裏を過ります。やがて私の前に白い車が止まり車から女性が降りてきました。

「優子です。舞子さんですか？」

「ハイ、舞子です。突然のお願いで済みません。今日はよろしくお願いします」

そう言葉を交わして車に乗り込み、旦那さんに心付けを渡すと、

「一人も二人も同じだから気にしないで」

と、旦那さんは笑顔で言い、車はゆっくり走り出しました。

車中での会話はスムーズで途切れることもなく、話しているうちに会場に到着しました。会場の入り口に幹事さんが立っていました。

「お久しぶりです。舞子さん」

「ハイ、今日はよろしくお願いします」

そう言葉を交わし、会費を納めて会場を見渡すと、年を重ねた同級生が集まっていました。昔の面影が微かに残っている人、まったく面影が浮かばない人……私は心の中で、（皆、お爺さん・お婆さんになったなぁ）と思いました。

それぞれに名前を呼び合い、幼い頃の思い出を語っていますが、私には名前を呼び合って思い出を語るような人はいませんでした。席に着くことをためらっていたそんな時、優子さんが「私の隣に座る？」と声を掛けてくれました。私を気遣い話し掛けてくれた優子さんのお陰で、楽しいひとときが過ごせたと思います。嬉しかった。

「全員揃ったのでクラス会を始めます」

幹事さんの音頭で乾杯することになりました。皆が元気に喜寿を迎えたことに乾杯です。

個々にお酒を酌み交わしていると、「順番に自己紹介をお願いします」と声が掛かりました。五人の方の自己紹介が終わった時、思わず手を挙げた私。先に自己紹介をさせていただきました。家族構成、仕事、小学生・中学生時代、つらくて悲しい年月を必死に生きてきたことなどを話すことができました。お陰で胸のわだかまりが薄れました。複雑な思いも、いつかは透明になって、同級生はいいなあと思える日が来るでしょう。緊張もしましたが、楽しいひとときでした。優子さんのお陰で孤立することもなく同級生の皆とたくさん会話ができて、外は雨模様でも私の心は晴れ晴れとしています。

何十年も思い悩んでいたのは何だったの？　長い年月を無駄に過ごしたことに苦笑い……クラス会も終わり、二次会に誘われました。とても嬉しかったけれど、二次会には参加せず一足先に数人で帰ることにしました。「なんだ、残念」と誰かが言いました。

すると、数人が追いかけてきて、

「舞子さん、携帯のメールアドレス交換して！　今度飲み会に誘うね。迎えに行くからね」

「行く、行く！　お誘い、待ってます」

絶対また会おうねと手を振って別れ、同級生の運転する車に乗り込んで優子さんと一緒に帰りました。

「クラスで一番変わったのは舞子さんだよね」

「そうだよ！　驚いたよ、元気な舞子さんに会えてよかった。こんな近くに舞子さんがいるなんて知らなかったよ」

帰りの車中も話が弾みましたが、私の家の近くで「色々お世話になってありがとう、またね」と別れました。

現在、81歳

家に着いても、クラス会の余韻に酔いしれていましたが、夫の「ご飯作ってくれよ」の声で我に返りました。
令和二（二〇二〇）年二月、私は八十一歳の誕生日を迎えました。
残り少ない人生、夢を追いかけて

何事も諦めないで人生をまっとうできたらいいな……そう思いながらペンをおくことにします。